VENTE DES 3 ET 4 MAI 1872

Après Décès de Mme veuve de Lassabathie

MOBILIER

PORCELAINES, TABLEAUX, BIJOUX

ARGENTERIE

EXPOSITION PUBLIQUE

Le Jeudi 2 Mai 1872, Hôtel Drouot, salle nº 6

COMMISSAIRE-PRISEUR

Me ALÉGATIÈRE, rue de Châteaudun, 10

EXPERTS

Pour les Tableaux et Objets de curiosité	Pour les Bijoux
MM. DHIOS ET GEORGE	**M. FALKENBERG**
Rue Le Peletier, 38	Rue Louis-le-Grand, 28

PARIS — 1872

EXEMPLAIRE DE DHIOS

RENOU ET MAULDE

IMPRIMEURS DE LA COMPAGNIE DES COMMISSAIRES-PRISEURS

rue de Rivoli, 144.

CATALOGUE

DU

MOBILIER

Porcelaines de Chine, de Saxe et de Sèvres

TABLEAUX

Portrait de Madame de Graffigny, par CHARDIN

Chat et Oiseau, par BACHELIER; Fleurs, par SAINT-JEAN

BIJOUX, ARGENTERIE

Meubles, Bronzes, Garde-Robe de femme, Dentelles, Fourrures, Linge
Literie, Batterie de cuisine

DONT LA VENTE AUX ENCHÈRES PUBLIQUES AURA LIEU

Après Décès de Mᵐᵉ veuve de Lassabathie

HOTEL DROUOT, SALLE N° 6

Les Vendredi 3 et Samedi 4 Mai 1872

A UNE HEURE ET DEMIE

Par le ministère de Mᵉ **ALÉGATIÈRE**, Commissaire-Priseur,
rue de Châteaudun, 10,

Assisté, pour les Tableaux et Objets de curiosité, de **MM. DHIOS** et **GEORGE**
Experts, rue Le Peletier, 33,

Et, pour les Bijoux, de **M. FALKENBERG**, rue Louis-le-Grand, 26

EXPOSITION PUBLIQUE

Le Jeudi 2 Mai 1872, de 1 heure à 5 heures.

PARIS — 1872

CONDITIONS DE LA VENTE

Elle sera faite expressément au comptant, et les Acqué-
reurs paieront CINQ POUR CENT en sus des enchères.

ORDRE DES VACATIONS

Vendredi 3 Mai

Argenterie, Bijoux, Porcelaines, Faïences, Tableaux,
Meubles artistiques.

Samedi 4 Mai

Batterie de cuisine, Linge, Garde-Robe, Literie, Mobilier
courant.

PORCELAINES ET FAIENCES

1 — Deux Potiches à couvercles en ancienne porcelaine de Chine, décor à figures sur fond blanc.

2 — Soupière avec plateau et couvercle en porcelaine de Chine, émaillée de fleurs et branchages sur fond blanc.

3 — Plusieurs assiettes en ancienne porcelaine de Chine.

4 — Très-grand Bol en ancienne porcelaine de Chine, décoré de sujet de chasse; monture en bronze doré.

5 — Deux Lampes Carcel formées de potiches en ancien Chine; monture bronze doré.

6 — Un Porte-Montre en porcelaine de Chine à jour, ornée de fleurs.

7 — Deux petits Vases en ancienne porcelaine de Saxe, anses à dauphins; monture en bronze doré.

8 — Vase forme balustre carrée, en ancienne porcelaine de Chine, décor à médaillons de fleurs, sur fond bleu lapis; monture bronze doré.

9 — Un Bol en vieux Saxe décoré de figures dans le goût chinois, pied en bronze doré.

10 — Le Joueur de musette, figurine en vieux Saxe, sur terrasse rocaille en bronze doré.

11 — Deux Cornets, ancienne porcelaine de Chine, monture en bronze doré, formant candélabres à quatre lumières.

12 — Coupe en ancienne porcelaine de Chine, décor à personnages, monture bronze doré.

13 — Deux petits Vases, forme bouteille, en céladon craquelé, orné de fleurs et d'oiseaux en émaux de couleurs, monture en bronze doré.

14 — Potiche en ancienne porcelaine de Chine, montée en lampe.

15 — Petite Théière en vieux Sèvres, pâte tendre, fleurettes bleues sur fond blanc.

16 — Tasse en vieux Sèvres, pâte tendre, décorée de roses et guirlandes de lauriers.

17 — Une Théière et deux Tasses en ancienne porcelaine de Saxe, médaillons à paysages et fleurs sur fond jaune.

18 — Une Canette en vieux chine.

19 — Petit Broc et Plateau en vieux Saxe, décor à fleurs.

20 — Écuelle avec Couvercle et Plateau en ancienne porcelaine de Sèvres, pâte tendre, décor à fleurs sur fond blanc avec encadrement bleu.

21 — Un Cabaret en ancienne porcelaine de Saxe, fond rose et médaillons à paysages et marine. 9 pièces.

22 — Un Cabaret en ancienne porcelaine de Chine, décor à kiosques avec ornements en relief; il est composé d'un sucrier, une théière, un pot à crème et six tasses.

23 — Une Tasse et sa Soucoupe en vieux Sèvres, décorées de roses sur fond œil de perdrix.

24 — Quatre pièces, deux tasses, une cafetière et une petite boîte en porcelaine de Saxe.

25 — Deux petits Vases à parfums et porcelaine décorée de guirlandes de roses.

26 — Deux Corbeilles ovales à jour en faïence de Strasbourg.

27 — Un Vase à deux anses, forme ovoïde, en ancienne faïence française, décor marine et paysage.

28 — Un Vase en terre cuite et peinte, style chinois.

29 — Deux Vases à fleurs, deux Consoles d'applique, deux Vases sur socles et une paire de Flambeaux en faïence de Minton, seront vendus sous ce numéro.

TABLEAUX

30 — CHARDIN (J.-B. Siméon). Portrait de Mme de Graffigny.

Représentée à mi-jambes, assise devant un métier à broder. Bonnet et fichu de dentelles, robe de satin brodée d'or.

31 — BACHÉLIER (J.-JACQUES). Le Chat et l'Oiseau.

Signé et daté 1760.

32 — SAINT-JEAN. Bouquet de roses thé et roses mousseuse.

33 — JOYANT. Grand canal à Venise.

34 — ID.   Vue de Venise.

35 — DEVILLE (Gustave). Les deux Pigeons.

36 — ROSIER (Amédée). Ville au bord de la mer; effet de lune.

37 — GABÉ. Conversation dans le bois.

38 — ID.   Village de pêcheurs, côte de Normandie.

39 — H.-D. (Initiales). Tête de Vierge et tête de Jésus.

40 — MICHALLON (Attribué à). Paysage; danse de paysans italiens.

AQUARELLES

41 — CICÉRI. Quatre Paysages sous un passe-partout.

42 — ID.   Deux petites Gouaches ovales, paysages.

43 — PERLET. Scène moyen-âge; musiciens.

44 — WATTIER. Intérieur Louis XIII (Sépia).

45 — ÉCOLE MODERNE. Pêcheuses bretonnes.

46 —   ID.   La Promenade dans le parc.

47 —   ID.   Vue de Ville, Allemagne.

48 —   ID.   Vue de Saint-Marc, Venise.

49 —   ID.   Le grand Canal, Venise.

50 —   ID.   La Promenade sur l'eau.

51 —   ID.   Promenade dans un parc.

52 —   ID.   Les Noces de Cana, gravure par Prévost, d'après Paul Veronèse.

53 — Sous ce numéro plusieurs Tableaux, Aquarelles, Photographies et Gravures : pièces de l'École française, portraits d'acteurs.

MEUBLES

54 — Petit Bureau Louis XV en bois rose et marqueterie.

55 — Bibliothèque à portes vitrées en chêne sculpté, style Louis XIII.

56 — Armoire à portes à glaces, chêne sculpté, style Louis XIII.

57 — Une Table, style renaissance, en chêne sculpté.

58 — Deux beaux Fauteuils en chêne sculpté, couverts en tapisserie à la main.

59 — Petit Bureau Louis XIV en marqueterie de cuivre sur écaille; pied à X.

60 — Table à ouvrage en bois rose et marqueterie à damier.

61 — Une Glace à biseau, style vénitien.

62 — Meuble d'entre-deux à portes vitrées en marqueterie de cuivre sur écaille.

63 — Petite Table de milieu, marqueterie de cuivre sur écaille, garnie de bronzes.

64 — Coffret en marqueterie de cuivre sur écaille, genre Boule.

BRONZES

65 — Petite Pendule Louis XIV en marqueterie de cuivre sur écaille.

66 — Autre Pendule Louis XIV, marqueterie cuivre, écaille et étain.

67 — Deux petits Candélabres à trois branches en bronze doré, style rocaille.

68 — Un Flambeau de bouillotte en cuivre doré et émaillé dans le style des émaux cloisonnés.

69 — Un Encrier et une paire de Flambeaux, cuivre doré et émaillé.

70 — Deux Porte-bouquets et une Coupe en cristal, cuivre émaillé et doré.

71 — Une Garniture de cheminée composée d'une pendule et deux candélabres à figures d'enfants, bronze doré, style rocaille.

72 — Une Pendule et deux Flambeaux à deux lumières, en bronze artistique oxydé, dorure et marbre onyx.

73 — Un Encrier en marbre onyx et cuivre émaillé.

OBJETS DIVERS

74 — Deux Socles en bois de fer sculpté à jour, travail chinois.

75 — Un lot de Médailles modernes en bronze.

76 — Vase à parfums en émail de Chine.

77 — Une Théière et une Boîte à thé en émail de Chine.

78 — Divers Objets de curiosité non catalogués, porcelaines et pièces d'étagère, etc.

BIJOUX

79 — Une Aigrette brillants, rubis et émeraudes.

80 — Deux Épingles de coiffure.

81 — Un Diadème brillant et perles.

82 — Un Papillon brillants et émeraudes.

83 — Une Épingle brillants.

84 — Une Bague rubis, entourage brillants.

85 — Trois Brillants démontés.

86 — Une Broche, grappes perles et or.

87 — Une Broche roses et rubis.

88 — Une Pendeloque, brillants et perles.

89 — Un Bracelet, or, brillants et saphir.

90 — Un Bracelet, or, brillants et turquoises.

91 — Une Chaîne lapis, perles et or.

92 — Un Flacon or, roses et demi-perles.

93 — Une Montre or émaillé avec roses.

94 — Un Crochet or et argent.

95 — Une Montre argent niellé avec chaîne.

96 — Menus Bijoux.

97 — Environ 5 kilogrammes d'argent, Plats longs et ronds, Couverts, Couteaux à dessert.

Meubles : Meubles de salon en acajou, Chaises volantes, Chauffeuses, Couchettes, Buffet-étagère de salle à manger, Armoires à linge en acajou, etc., etc.

Piano droit en palissandre.

Garde-robe de femme.

Dentelles noires et blanches, Chantilly, etc.

Fourrures.

Linge de corps et de ménage.

Literie.

Rideaux en damas de soie et laine.

Tapis.

Batterie de cuisine; Objets divers.

RENOU et MAULDE, imprimeurs de la Compagnie des Commissaires-Priseurs, [rue de Rivoli, 144. 20041